Nota para los padres y encargados:

Los libros de *Read-it!* Readers son para niños que se inician en el maravilloso camino de la lectura. Estos hermosos libros fomentan la adquisición de destrezas de lectura y el amor a los libros.

El NIVEL MORADO presenta temas y objetos básicos con palabras de alta frecuencia y patrones de lenguaje sencillos.

El NIVEL ROJO presenta temas conocidos con palabras comunes y oraciones de patrones repetitivos.

El NIVEL AZUL presenta nuevas ideas con un vocabulario más amplio y una estructura gramatical más variada.

El NIVEL AMARILLO presenta ideas más elevadas, un vocabulario extenso y una amplia variedad en la estructura de las oraciones.

El NIVEL VERDE presenta ideas más complejas, un vocabulario más variado y estructuras del lenguaje más extensas.

El NIVEL ANARANJADO presenta una amplia de ideas y conceptos con vocabulario más elevado y estructuras gramaticales complejas.

Al leerle un libro a su pequeño, hágalo con calma y pause a menudo para hablar acerca de las ilustraciones. Pídale que pase las páginas y que señale los dibujos y las palabras conocidas. No olvide volverle a leer los cuentos o las partes de los cuentos que más le gusten.

No hay una forma correcta o incorrecta de compartir un libro con los niños. Saque el tiempo para leer con su niña o niño y transmítale así el legado de la lectura.

Adria F. Klein, Ph.D.
Profesora emérita, California State University
San Bernardino, California

Translation and page production: Spanish Educational Publishing, Ltd.
Spanish project management: Jennifer Gillis/Haw River Editorial

First Spanish language edition published in 2007
First American edition published in 2003
Picture Window Books
5115 Excelsior Boulevard
Suite 232
Minneapolis, MN 55416
1-877-845-8392
www.picturewindowbooks.com

First published in Great Britain by Franklin Watts, 96 Leonard Street, London, EC2A 4XD
Text © Barrie Wade 2001
Illustration © Nicola Evans 2001

Printed in the United States of America.

Library of Congress Cataloging-in-Publication Data
Wade, Barrie.
[Three Billy Goats Gruff. Spanish]
Los tres cabritos / por Barrie Wade ; ilustrado por Nicola Evans ; traducción, Patricia Abello.
p. cm. — (Read-it! readers en español)
Summary: Three clever billy goats outwit a big, ugly troll that lives under the bridge they
must cross on their way up the mountain.
ISBN-13: 978-1-4048-2657-1 (hardcover)
ISBN-10: 1-4048-2657-2 (hardcover)
[1. Fairy tales. 2. Folklore—Norway. 3. Spanish language materials.] I. Evans, Nicola, ill.
II. Abello, Patricia. III. Asbjørnsen, Peter Christen, 1812-1885. Tre bukkene Bruse.
Spanish. IV. Title. V. Series.

PZ74.W34 2006
398.209481'04529648—dc22
[E]   2006005764

KGW

Los tres cabritos

por Barrie Wade
ilustrado por Nicola Evans

Traducción: Patricia Abello

Asesoras de lectura:
Adria F. Klein, Ph.D.
Profesora emérita, California State University
San Bernardino, California

Ruth Thomas
Durham Public Schools
Durham, North Carolina

R. Ernice Bookout
Durham Public Schools
Durham, North Carolina

PiCTURE WINDOW BOOKS
Minneapolis, Minnesota

Había una vez tres cabritos.

Los tres cabritos tenían mucha hambre.

Del otro lado del río había un prado
con pasto muy dulce,

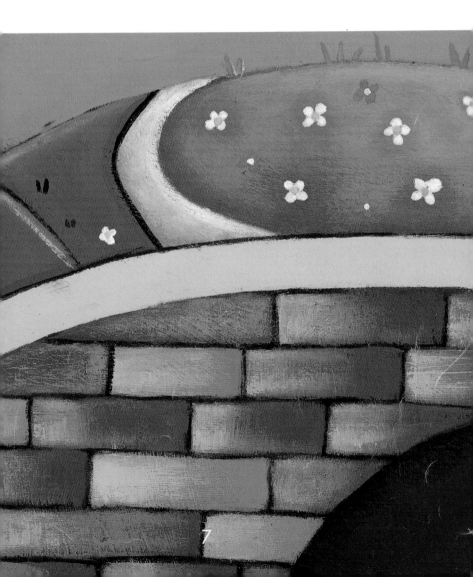

pero debajo del puente vivía un gnomo
viejo y malo.

El cabrito pequeño comenzó a trotar
por el puente.

—¿Quién hace tanto ruido por mi puente? —gritó el gnomo.

—¡Soy yo! —chilló el cabrito pequeño.

—¡Te voy a comer! —gritó el gnomo malo.

—Mi hermano es mucho más gordo que yo —dijo el cabrito pequeño.

—¿De verdad? —dijo el gnomo, y dejó
que el cabrito pequeño cruzara el puente.

Entonces, el cabrito mediano comenzó
a trotar por el puente.

—¿Quién hace tanto ruido por mi puente? —gritó el gnomo.

—¡Soy yo! —dijo el cabrito mediano.

—¡Te voy a comer! —gritó el gnomo perverso.

—Mi hermano es todavía más gordo que yo —dijo el cabrito mediano.

—¿De verdad? —dijo el gnomo, y dejó que el cabrito mediano cruzara el puente.

Entonces, el cabrito grande comenzó a trotar
por el puente.

—¿Quién hace tanto ruido por mi puente?
—gritó el gnomo.

—¡YO! —bramó el cabrito grande.

—¡Te voy a comer! —gritó el gnomo malo.

24

—¡No lo harás! —bramó el cabrito grande.

—¡Claro que sí! —gritó el gnomo.

—El cabrito grande resopló, bajó la cabeza y embistió.

El cabrito grande lanzó al gnomo
por el puente.

El gnomo malo cayó al agua y nunca
lo volvieron a ver.

Los tres cabritos comieron todo el pasto
que quisieron

y vivieron felices para siempre.

Más *Read-it!* Readers

Con ilustraciones vívidas y cuentos divertidos da gusto practicar la lectura. Busca más libros a tu nivel.

Gato Chivato	1-4048-2662-9
La pata Flora	1-4048-2661-0

FICCIÓN

El mejor almuerzo	1-4048-2697-1
Robi el robot	1-4048-2698-X
La princesa llorona	1-4048-2654-8
Ocho elefantes enormes	1-4048-2653-X
Los miedos de Mario	1-4048-2652-1
Mary y el hada	1-4048-2655-6
Megan se muda	1-4048-2703-X
¡Qué divertido!	1-4048-2651-3

CUENTOS DE HADAS

La Cenicienta	1-4048-2658-0
Juan y los frijoles mágicos	1-4048-2656-4
Ricitos de Oro	1-4048-2659-9

¿Buscas un título o un nivel específico? La lista completa de *Read-it!* Readers está en nuestro Web site: *www.picturewindowbooks.com*